瞳じゅん詩集

文芸社

こよみうた

立春

釜飯を食った
蟹《かに》の入った釜飯だった
蟹はたぶんズワイガニだろう
ほぐした肉がメシが見えないほど
たくさん入っていた

薄味だった

マンションに帰ると留守電が入っていた
でもメッセージは入っていなかった
何も話さずに切ってしまったらしい

雑音の感じでは外からかけているようで
それほど遠くからではないようだけど
何となく海の近くのような気がした

もし海の近くなら
まだ風が冷たいことだろう

セレナーデ

紫と
それより淡い紫とで奏でる
セレナーデ
青い海の上を流れる

でも
そこは僕の部屋
かすかにラベンダーの香り
かさこそと
ドライフラワーの薔薇《ばら》が鳴る

かさこそと
さっきから
かさこそと
いまも

トイレの水がブルーだから
冬の太陽が恋しい

そんな午後のルフラン

彼岸

庭に木蓮が咲いていた
いや辛夷《こぶし》だったかもしれない
とにかく白い花だ

祖父がむしって食べていた
少し怒ったような顔で
むしゃむしゃと
まるで義務を果たしているかのように

足元には火鉢があった
淡く陽炎《かげろう》が立っていた

祖父は老いても力だけはあった
火鉢を外に持ち出すぐらいわけなかった

それで寒かったのだ
もう春だというのに祖父の部屋だけは
まだ冬のままだった
本当に寒かった
まるで冷蔵庫のようだった

畳の上には火鉢のあとが
くっきりと残っていた

清　明

朝から雨が降っている
静かな雨である

青い花

公園の花壇に
青い花が咲いている

さっきまで降っていた雨のせいで
しっとりと濡れて光っている

その美しさといったら
思わずこちらが恥ずかしくなって
しまうほどなのだ

午後

机に向かっていると
鳥の声が聞こえる

何という鳥か知らないが
ぎゃーぎゃーと
ヒステリックな声で鳴いている

うす曇り
暑くもなく
寒くもない

恐縮ですが
切手を貼っ
てお出しく
ださい

1 1 2-0 0 0 4

東京都文京区
後楽2－23－12

(株) 文芸社

ご愛読者カード係行

書　名				
お買上 書店名	都道 府県　　　市区 郡　　　　　　　　書店			
ふりがな お名前			明治 大正 昭和　　年生　　歳	
ふりがな ご住所	□□□-□□□□		性別 男・女	
お電話 番　号	（ブックサービスの際、必要）	ご職業		

お買い求めの動機

1. 書店店頭で見て　2. 小社の目録を見て　3. 人にすすめられて
4. 新聞広告、雑誌記事、書評を見て（新聞、雑誌名　　　　　）

上の質問に1.と答えられた方の直接的な動機

1. タイトルにひかれた　2. 著者　3. 目次　4. カバーデザイン　5. 帯　6. その他

ご講読新聞　　　　新聞	ご講読雑誌

文芸社の本をお買い求めいただきありがとうございます。この愛読者カードは今後の小社出版の企画およびイベント等の資料として役立たせていただきます。

本書についてのご意見、ご感想をお聞かせ下さい。 ①　内容について
②　カバー、タイトル、編集について
今後、出版する上でとりあげてほしいテーマを挙げて下さい。
最近読んでおもしろかった本をお聞かせ下さい。
お客様の研究成果やお考えを出版してみたいというお気持ちはありますか。 ある　　ない　　内容・テーマ（　　　　　　　　）
「ある」場合、小社の担当者から出版のご案内が必要ですか。 希望する　　希望しない

ご協力ありがとうございました。

〈ブックサービスのご案内〉

小社では、書籍の直接販売を料金着払いの宅急便サービスにて承っております。ご購入希望がございましたら下の欄に書名と冊数をお書きの上ご返送下さい。（送料１回380円）

ご注文書名	冊数	ご注文書名	冊数
	冊		冊
	冊		冊

気づくと
ワープロの画面が
節電パターンになっている

こよみうた

穀雨

雨は降ってない
非常にいい天気である
子供の遊ぶ声も鮮明に聞こえる

何が穀雨《こくう》なのかわからない

鯉のぼり

川面《かわも》にロープを渡して
たくさんの鯉のぼりが舞っている

虫干しをしているのか
あるいはそういう飾り方をする
風習なのか知らないが
五月が近くなるとあちこちで見られる

それにしても空を泳ぐ鯉とは面白い
最初にはためいた鯉のぼりは
さぞや皆の注目を集めたことだろう

あまりの非合理さに頭がおかしくなって
しまった者もいたかもしれない

でも今は子供でさえたいした興味を
示さない
喜ぶのは外人さんくらいだ

そんな不遇を知らずにいるのか
鯉のぼり
面白そうに泳いでる

よく思い出してみれば
雨に濡れてしぼんでいたときも
あったようだ

立　夏

ふと部屋が暗くなっていることに気づく

窓の外を見ると雲が湧いている
黒々とした雨雲がマンションの
すぐそばまで迫ってきている
さっきまで晴れていたのに
これはどうしたことか

降るのはもう時間の問題だ

さあどうするか

今のうちに夕食のおかずを買いに
行ってしまおうか
それとも観念して傘をさして雨の中を
歩いていこうか

小満

女がカレンダーを見て首を傾《かし》げた
こまん？

梅雨

朝から雨
夕方いっとき止んで
またすぐに降りだす

夜
テレビをつけると
ドームで野球をやっている

長嶋さんのアゴに
カビが生えている

浴衣

このところ暑い日が続いている

ふと思いついて
風呂上がりに浴衣《ゆかた》を着てみると
サラサラしていて感触がいい

ひとつ詩が書けそうな気がして
机に向かってみる

ところが何も書けない
イメージが袂《たもと》からするりと逃げてしまう

ひまわり

どこまでも続く
白い道
太陽
汗

ほら
あそこで
ひまわりが死んでいる

シジミ蝶

窓を開けたまま
机に向かっていたら
シジミ蝶が舞い込んできた

虹色に光る
真珠のようなシジミ蝶

シジミ蝶はワープロの端に止まると
おもむろに羽を閉じたり
開いたりし始めた

その不思議なリズム
まるで何か信号を送っているかのようだ
僕は羽の裏側を確かめたくなって
そっと首を傾けてみた

すると
そこには宇宙が広がっていた

雨の夕暮

暗くなってきたので
カーテンを閉め
机のスタンドをつける

でも何も思い浮かばない
原稿用紙は白紙のまま

耳を澄ますと
雨の音が聞こえる

犬の声もする

柿？

雨が降って水量が増した川を
何か流れてくる

遠くてよく見えないが
何か赤いものが
流れてくる

何だろう？

柿？

ここで?

ススキが潮風にざわめいていた
空には三日月が光っていた

僕はキスをしたまま車のシートを倒した
すると女が体を起こした

ここで?

眉をひそめた白い顔が浮かび上がった

夜の風

雨が止んで
風が強くなった

窓を開けると
雲の切れ目から星が見えた

日記代わりの詩を書き
歯を磨いてから寝た

夜中にトイレに起きると
風は相変わらず強かった

冬至

日が短くなった
ワープロに向かっていると
時間の経つのも忘れてしまい
気がつくとすっかり暗くなっている

ふと表で子供の声が聞こえ
こんな夜遅くに何をやっているんだろうと
時計を見ると
まだ夕方の五時半である

クリスマス

特別なものは何もない
何か感じるには心が乾きすぎている
でも周りが楽しそうにしているので
僕も少しだけ楽しくなる

僕はクリスマスの陽気な輪の中に
入ることをはるか昔に放棄してしまった
だからその記憶もほとんど残ってない

あの日の君は笑っていたっけ？
それとも泣いていたっけ？

一緒に死のうなんて
僕は言わなかったよね

こよみうた

狂い月

告白

まず最初に告白しておこう
俺は自分しか愛したことがない

狂い月

俺は愛というやつが嫌いだ
なぜかって？
そんなこと知るか

悪魔との契約

おい悪魔
おまえが本当にいるのなら
俺の前に姿を現してみせろ

もし出てきたら
俺の魂をタダでくれてやる
いや
おまえの子分になってやってもいいぞ
けっこう役に立つぞ

どうだ

俺と契約してみろ……
眠りに就く前の俺のお祈りの仕方を
教えてやると
エホバの証人は顔色も変えずに
こう言いやがった

契約はもう成立しています

賽《さい》の河原

ひとつ積んでは俺のため
ふたつ積んでは俺のため
いくつ積んでも俺のため

人間嫌い

俺は芸術家だ
だから人間が嫌いだ

芸術は人間を否定したときにこそ輝く
人間を肯定したとき
すべては色褪せる

俺にとって人間嫌いは思想ではない
単なる色彩の問題だ

グルメ

本当は人間を食べたいんだろ？

方程式

奴が方程式を解いたらしい
例の方程式だ

俺はまだ解けてない

女

結局のところ
女はひとつの言葉しか話さない

結論

愛は自由を奪う

＊　＊

＊＊は楽しい

＊＊はすべてをぶち壊してくれる

泉

泉のごとき
我が頭
だが残念なことに
飲料不適切！

石ころ

オムニバス

情緒もなく
単に
テクニックとしての知覚のツル草が
いま
のびてるの

ああ
都会的な
あんちてーぜ
ときに
エリコちゃんの

あそこ
時間の流れ

やがて
いつもの
愛のうんぬん

9時48分
晴れのち汗

深層心理や
あるいは
味噌汁を煮るみたいに
かるやかに

石ころ

今日をいきれないか（いきれない）

でもね
失っていくのさ
めくるめく毎日を
しっとりと
ゆっくりと
まるで壊れた三半規管みたいに

できればいつも
心のどこかに
五万円ほど
持っていたいものだね

そよかぜ

陰毛の先から収束してゆく
とくに雨の日曜など

そよかぜ
陰毛
XYZ

もっと食べなさいよ
キミ
これからなんだから

石ころ

スケール

重力に逆らって北西に流れる運河
ミニチュアなどではない
巨大な単位および
その移動は
すでに
証明
された
……真実

それゆえ
淡い影を落とす

ゆ

ゆ
という字が好きだ
音がいいし
形もいい

み
より
好きだ

いるか

オルガンが嫌いらしい

石ころ

コンポジション

P

,

g

@

沢《さわ》

水が
流れる
さらさら
さらさら

曲線
円
冷たい水
石ころ
曲線
円

空には
淡い、
月

みどり（B）

　ユージック
赤い光

横になれよ

（空気の動き〜髪の匂い）
横にはなりたくないの
ミユー　ック
青い光

咳

突く

突いて
突いて
突いて
突いて
突きまくったら

あ
小さな
穴があいた

石ころ

暫定的表現

その刹那《せつな》の
定点の移動は
身を切る思いだ

陰　毛

ときどき
ヒソヒソ話を
しているようだが

決して
太陽光線が
嫌いなわけではなく

あんな風体で
経済問題などにも
けっこう敏感に反応する

石ころ

もちろん
それぞれに
個性はあるだろう

でも
基本的には
人懐っこいんだよね

静物

花瓶は静物である
花も静物であるらしい

石ころ

詩人は石ころが好きだ
きっと自分に似ているからだろう

糸の切れた風船

どんな街でもすぐに飽きてしまう
みんなはいればいるほど愛着が
湧くというが
僕は違う
すぐに飽きる
嫌になる

ああ
違う街に行きたい
でもお金がない
だから仕方なくいる
石ころ

ただそれだけのこと

でも僕は知っている
本当はどこに行っても同じなのだ
日本じゅうつまらないところばかりなのだ
外国だって同じだ
どうせすぐに飽きてしまう

きっと
僕は糸の切れた風船なのだ

だからすぐに飽きるのだ

ふうわり
ふうわり
と
歩く
食べる
考える
そしていつか
死ぬ

石ころ

石

この石に
僕の詩を刻もう

そして
公園の砂場に埋めにいこう

帰りに夕食のおかずを買ってこよう

記憶

人間の脳というのはうまくできていて
二週間ほどで
いるものと
いらないものとを
分けてしまうらしい
つまり記憶するかどうか決定するのだ

そしてほとんどの経験は忘れてしまう
ということだ

今

石ころ

窓の外を流れている
あの千切れ雲

あれもきっと忘れてしまうんだろうな

恋　人

詩は僕を戸外へと連れ出す
海へ
山へ
そして
都会の雑踏へと

そんなふうに
僕を行動的にする
詩はまるで
　恋人のようだ

石ころ

答え

答えはない
答えが出たとしても
それは答えではない

礫《れき》岩《がん》

さらっとした
エンジンオイルが
ほんの小さな亀裂から
ポタリポタリと漏れだして

丸山林道を少しだけ
油臭くした

あの尖った石ころは
きっと礫岩《れきがん》だ

海辺の町

霧雨が
小さな旅館のネオンをにじませる

カラスの声が
路地から路地へとこだまする

どこからともなく
魚を焼く匂いが漂ってくる

夢のなかの僕が
海辺の町をさまよい歩く

コンポジション

定型ではなく
どちらかというと不定型のａａａ
なのです

例えば
僕はいつも

するっと
するするっと
するするするっと

石ころ

って感じの
ａａａ
とか

変換の（ａ）の（キスしたい）
なんていう流れの
韻律なので

まあ
不定型の
ａａａやａａｂａ
のバリエーションでもあるといえます

それで音楽の要素も含んでるんです

メロディーはシンプルで
例えば
a a a ♪
a a a ♪

ね！

石ころ

永遠の闇

あの晩は雨でしたね
あなたは山道の途中で車を止めました
それからゴムホースを使って車内に
排気ガスを充満させました

あなたの体からはアルコールと睡眠薬が
検出されました

ライトを消したら真っ暗になりましたか？
雨の音は聞こえていましたか？

山田さん
あなたは永遠の闇の中へ消えて
しまいました
もう戻ってくることはできません

きっとあなたは知らないでしょう
次の朝
雨がやんで
雲ひとつない青空が広がったことを

ラスメニーナス

私の愛する娘
マルガリータ
その肖像画が完成したというので
私は妻とともに広間に向かった

扉を開けると
娘と画家
それに画家が絵に描き加えたいから
と言って呼び集めた
待女たち
道化

尼僧
犬
などが
みんな勢揃いしている
しかも
私と妻をかつごうとでもいうつもりなのか
みんな絵のポーズでもとっているかのように
じっと動かずにいる
画家の奴とて例外ではない
神妙な顔つきでじっとこちらを見ている

妻は首を傾《かし》げたが
私はすぐに
これには裏があるな

石ころ

と思った

キャンバスを覗《のぞ》き込むと
案の定だ
そこには私たちに向かってポーズを
とっている連中が
そっくりそのまま絵になっている

私は思わず絵と現実を見比べてみた
寸分の違いもない
よく見ると
鏡に映る私と妻の姿までちゃんと
描かれている

私と妻は顔を見合わせた
それから大声で笑いだした
するとどうだろう
私たちが笑いだすのを待っていたかのように
みんなも笑いだしたのだ
娘も
待女も
道化も
尼僧も
犬までもがシッポを振って

まったく笑うのは久しぶりだった
心の底から楽しかった
私はすぐに命令した

その絵を私の執務室に飾るようにと

このところ嫌なことばかり続いていた
そんな私たちを画家は慰めようとしたらしい
私たちは画家に感謝しなければ
ならないだろう
とりあえず何か役職を与えてやらねば……

ガチガチの詩

ガチガチに凝り固まった
ガチガチの詩

石頭より奏でられる
石頭より硬い詩

時間をかけて固められた言葉たち
海水から塩を採るように
ぐつぐつと煮て
底に残った
言葉たち

石ころ

煮詰まった詩！
煮詰まった詩をもっと煮詰めてみよう
すると面白いことが起こる
結晶になる寸前で
こなごなに
砕けてしまう

あとには意味のかけらも残らない

比喩

比喩というのは好きじゃない
比喩は目的に近づくための手段に
すぎないからだ

決して越えることはない

ポップ

ある夜
僕はポールで
君はポーラだった

僕たちは
壊れたベッドで
何度も何度も愛し合った

そして愛し合うことに飽きると
僕はコーラの缶に絵の具を塗りだし
君はポラロイドで便器ばかり撮り始めた

今は二人とも博物館の中だ

新しい詩

数秒の出来事である
確かめようとすると
もうそこには
ない

オレンジ

ふと目覚めると
カーテンがオレンジ色に染まっている
頭がボーッとしていて
オレンジの正体が
夕陽なのか
朝日なのか
わからない

耳を澄ましてみる

かすかに電車の音が聞こえる

石ころ

審美眼

絵画と同じである
良い詩はまず目にくる
あとは読んで確認するだけだ

うんち

うんち！
透き通るような少女の声である
父と散歩をしているらしい

家まで我慢できない？
父がたずねる

できない
少女が答える
切ない響きである
うんち！

石ころ

夢

夢の中で
僕はロシア人なのです

誰が疑っているわけでもないのに
自分がロシア人であることを
証明したくてたまらず
泣きながら懸命にコサックダンスを
踊ってみせるのです

煮物

アイドル歌手が質問されている
「得意な料理は？」
少し考えてから
「煮物です」

この答えの中にすべてがある

知識

物の名前を憶えることには興味がない
結局のところ
知識というのは単なる飾りにすぎない

うんこの弁明

僕は汚くない
少なくとも口から出るものよりは！

石ころ

創作法

僕の場合
彫刻に近い

作るのではなく
与えられた物を削るのだ

聖なる民

誰だか忘れたが
コソボ難民を聖なる民と呼んでいた
故国を迫害されて
隣国に逃れゆく数万の聖なる民

ところがその聖なる民がコソボに
帰還したとたん
掠奪《りゃくだつ》や暴力などの報復の行動を起こし始めた

別に驚くことはない
コソボ難民は聖なる民でも

何でもないのだから
単なる人間なのだ

キス

電車の中でキスするって楽しいよね
渋谷から原宿に着くまで
ずっとキスしてた
君たち

いつまでも
仲良くしろよ！

石ころ

夜露死苦

歩道橋にイタズラ書きがしてある
夜露死苦
と書いてある
なかなか悪くない
当て字にセンスが感じられる

でも誰に向かって夜露死苦なのだろう？

とりかぶと

青というより紫に近く
女のあそこみたいな花びらの形で
どこが毒なのか聞いてみたら
みんな毒なんだってさ

あな恐ろしや

肩の小屋

中央高速
甲府盆地に入ってすぐ
観光案内の看板が見えてくる

南アルプス
最高峰
北岳
（３１９２ｍ）

確かに見える
鳳凰《ほうおう》の奥に聳《そび》えている

雲のせいで少し霞んでいるが
あの山頂のすぐ右手に
肩の小屋がある
風雪に耐え
今もある

たぶん
明日の昼頃になるだろう
あそこからこの甲府盆地を見下ろすのは

うぐいす

山の中を歩いていて
うぐいすの声を聞くと楽しくなるが
あれは別に愛嬌を振り撒いて
いるわけではない
威嚇しているのである
縄張りに侵入した人間に「出ていけ」
と言っているのである

つまり
よく考えてみれば
耳の痛い話なのである

春分

風が強く
送電線がびゅんびゅん唸っている
砂塵《さじん》が舞う茶畑で三毛猫とカラスが
追い掛けっこをしている

夢

インド象が
見えない細い糸で
僕の薬指をぐいと引っ張る

ピーマン

緑の空洞
赤の空洞

こすると
キュッキュッて
うさぎみたいに鳴くんだよね

でも
あの空洞の部分が
ピーマンの本質なんだよ
なーんて嘘をついたりしたらダメだよ

石ころ

貝がら

貝がらをひろって
砂をはらうと

お日様が
隠れた

通過

警報機が鳴って踏切が閉まった
まもなく貨物列車がやってきた

長い貨物列車だった

何を積んでいるのかは知らないが
とにかく長いのだ

その長さといったら
もう気が遠くなるほどで
いまだに目の前を通過しているのだ

老境

老境

暗いうちに目が覚めてしまった

お茶を飲んで
昨日の新聞を読んだ
それから何をしたか忘れた

気がつくと昼だった
たばこを買いに外に出たら
頭の上にでっかい太陽があった
焼きイモみたいなでかいでかいやつだ

頭がふらふらしたので家の中に戻った
やっと目が慣れてきたと思ったら
見たこともない婆さんが怖い顔をして
箒《ほうき》を振り上げていた

夜になってから思い出した
この婆さんはいつも「あたしは騙《だま》された」
と愚痴ばかり言っている俺の妻だ

花火

夜
ニュースで
花火をやっていた
あんまりキレイなので
口をあけて見惚れてしまった
すると婆さんが教えてくれた
あれは戦争なんだと

匂い

婆さんは若いころ白粉《おしろい》の匂いがした
それがだんだん糠《ぬか》ミソの匂いが
するようになり
ここ数年はずっと線香の匂いがしていた
そして急に何の匂いもしなくなった

お迎えが近いのだろうか？

いや違う
俺の鼻が悪くなったのだ！

夕食

夕食に見たこともないものが出てきた
サンマのようだがサンマではない
手足が生えているのだ
どうにも気味が悪い

しかも俺の分しかなく
「おまえのは？」
そう聞くと婆さんは一匹しか売ってなかった
のだと言う
「それじゃあ半分やるよ」
すると婆さんは箸を置いてしまう

「ごちそうさまでした」
俺は手足の生えたサンマを見つめたまま
固まってしまう

足

急に寒くなった

夜
足が冷たくて眠れず
隣の布団に足を突っ込んだら
婆さんの足は俺のよりもっと冷たかった！

てのひらふたつ

雲取《くもとり》山頂避難小屋

鴨沢を出たときからチラチラ降っていた
それが堂所のあたりから本格的な雪になった
登山道がみるみる白くなっていく
石尾根は見えなかった
石尾根どころかすぐ近くのブナさえ
霞んで見えた

七ッ石の巻き道に入ると風も出てきて
吹雪《ふぶき》になった
沢に架かる小さな橋を渡りながら
チラっと引き返すべきかどうか迷った

でもそのまま歩き続けた
いざとなったら七ッ石小屋か奥多摩小屋に
避難すればよい

ブナ坂を過ぎると吹きさらしの稜線になった
急に雪が深くなり歩みが遅くなった
しかも積雪はさらに増しつつある
時計を見るとかなりタイムオーバーしていた
爪先から寒さを感じ始めた

雪に埋もれかかった奥多摩小屋の前を
通過した
まもなく分岐点に出た
左が直登ルート

右が巻き道
どちらも小雲取で合流するのだが
少し考えてから直登のほうを選んだ
ところが合流点の手前の急登で
難儀するはめになった
雪はすでに腰まで達していて数歩進んでは
止まって息を整えなければならない
といった具合なのだ
巻き道にすればよかったと後悔した
まさに疲労困憊《こんぱい》の体だった

やっと登り切ってひと息ついた
ここまでくればもう登りはほとんどない
しかし雪は深く

この先もラッセルを強いられる
もしこのまま降り続けば明日の
下山だって危ぶまれる
中止して奥多摩小屋まで戻るべきか
僕は悩んだ
そのとき
不意に雪が止んだ

しかし風は止まず
その風が雪雲を追いはらった
突然青空が現れた
暗い雪山が一瞬にして光の世界に変わった

おお

僕は思わず唸っていた

おお
おお
僕は唸りながらラッセルをしていた
雪が風に巻き上げられてあちこちで
キラキラと輝いていた
澄み渡った青空は青いというよりも
むしろ黒に近かった
もちろん宇宙の黒だ
そして刻一刻と陽は傾き
すべてを赤く染めていった
吹雪で樹氷と化したシラビソも
背後の七ッ石も

前方に見える雲取も
そしてその山頂に小さく見える避難小屋も

夜
携帯コンロでうどんを作って夕食を済ませ
ブランデーでほろ酔い気分になった僕は
誰もいない避難小屋のなかで歌を歌った
それからラジオをつけて
NHKのニュースを聞き
寒いのでシュラフに潜り込んだら
昼間の疲れからかすぐに眠り込んでしまった

ふと目覚めるとストラヴィンスキーの
「春の祭典」が聞こえてきた

ラジオがつけっぱなしになっていたのだ
時計を見ると零時を回っていた
尿意を覚えたが便所に行こうか
どうしようか迷った
外は寒いし雪があるので靴をはいた上に
スパッツをつけなければならないのだ
どうせ行くなら溜めるだけ溜めてから
行ったほうがよい
でも結局行くことにした

小屋の扉を開けると冷たい風が
吹き付けてきた
思わず首を縮めた
小屋の温度計はマイナス十度を示していた

おそらく奥多摩としては最も低いほうだろう

小屋の前に出ると夜景が広がっていた
東京の夜景だ
美しかった
まさに宝石箱をひっくり返したような
美しさだった
新宿の高層ビルが見えた
東京湾を挟んで千葉の夜景まで見えた
そして空を見上げると満天の星だった
それらはあまりにも鮮明に見えるので
まるで人工のプラネタリウムのようだった
おお
おお

僕はまたも唸っていた

しばらくしてやっと便所に行くつもりだった
ことを思い出した
僕は雪の斜面を下り始めた
すると便所の下に広がるシラビソの林の
中からピーピーと鹿の鳴く声が聞こえてきた

漂流するサンダル

八月に台風があった
夜カーテンを開けて外を見てみると
排水が悪いせいでベランダ全体に
雨水が溜《た》まっていた
まるで水槽のようだった
金魚でも飼えそうだな
そう僕は思った

翌日には天気が回復して
ベランダの水も引いた
それから何日も晴れが続いた

暑かった
一日中クーラーをつけっ放しなので
電気代がかさみそうだった
何となくカーテンを開けて外を見てみると
ベランダはすっかり乾いていて
コンクリートには土やホコリが
こびりついていた
その固まった土やホコリが面白い模様を
描いていた
一度水が溜まってから乾いたので
まるで干涸《ひから》びた湖のような固まり方を
しているのだ

砂漠のような感じもした

ラクダの隊商になってベランダ砂漠を
横断する
そんな夢想に僕は一瞬とらわれた

あまり天気がいいのでたまには布団でも
干そうとベランダに出ようとした
ところがサンダルがなかった
滅多にベランダなんかには出ないので
サンダルがないとはいっても
あったはずのものが無いのか
それとももともと無かったのか
判別できなかった
でも考えてみたところで
ないことには変わりがないので

とりあえず玄関のサンダルを取りに行った

九月に入ってまた台風が来た
夜になってカーテンを開けてみると
またベランダに水が溜まっている
ふと見ると荒海のように波立つ水面に
何かが浮いて漂っている
よく見るとそれはサンダルだった
黒いゴム製でサイドに黄色いラインが
入っている
僕のサンダルだ

見て思い出した
ベランダ用に置いてあったのだ

きっと八月の台風で流されてしまったのだ
隣のベランダとの間には
簡単な仕切りがあるだけで下のほうは
十センチほど空いているので
そこから難破船のように
漂流していってしまったのだ

よく隣の人（またはさらにその隣の人）に
捨てられなかったものだ
あるいは洗濯機の下にでも
隠れていたのだろうか
とにかくよくぞ戻ってきた
と褒めてやりたいところだが特に感慨もない
どちらかというとちょっと呆れた気分だ

長かった漂流のせいで
すっかり汚れてしまったサンダル
次の台風を待ちつつ
ひたすら敵の目を欺いて
どこかに隠れ潜んでいたサンダル
今は母港に帰ってエアコンの室外機の横で
気持ちよさそうに引っくり返っている

著者プロフィール

瞳 じゅん（ひとみ じゅん）

1960年　東京生まれ。

瞳じゅん詩集

2001年12月15日　初版第１刷発行

著　者　瞳 じゅん

発行者　瓜谷 綱延

発行所　株式会社 文芸社

〒112-0004　東京都文京区後楽2-23-12

電話　03-3814-1177（代表）

03-3814-2455（営業）

振替　00190-8-728265

印刷所　株式会社 平河工業社

ISBN4-8355-3088-8 C0092